MW01381648

Pour Alexandra
Très amicalement

Emmanuel Lepage

Montréal. 10.07

LEPAGE

AIRE LIBRE

DUPUIS

À Anna et Ulysse, à Renée et Pierre Joubert.

Merci
à Marta Caldera, au colonel Zepeda et à Françoise Laborieux pour leurs précieuses informations,
à René Follet pour avoir prêté sa main à Rubén, à Michel Plessix pour son écoute et ses idées, ainsi qu'aux amis d'Essaouira,
à Serge Le Tendre pour sa lecture attentive, à Christian Rossi pour son regard aiguisé,
à Sophie Michel pour sa patience et sa disponibilité, à Ojos Verdes enfin pour m'avoir transmis sa passion du Nicaragua.

DU MÊME AUTEUR

Aux Éditions Dupuis
en collaboration avec
Anne Sibran :
La Terre sans Mal

Aux Éditions Casterman
en collaboration avec
Nicolas Michel :
Brésil
America

Aux Éditions Glénat
dans la série *Névé*,
en collaboration avec Dieter :
Bleu regard
Vert soley
Rouge passion
Blanc Népal
Noirs désirs
Névé, intégrale

Aux Éditions du Lombard
dans la série *L'envoyé*,
en collaboration avec
Georges Pernin :
Les maudits à Maletor
La statue d'or vivant

Aux Éditions Daniel Maghen
Les voyages d'Anna

Aux Éditions Vents d'Ouest
en collaboration avec
Delphine Rieu :
Alex Clément est mort

AIRE LIBRE

DANS LA MÊME COLLECTION

AIRE LIBRE
www.airelibre.dupuis.com

Conception graphique de la collection : Didier Gonord.

Dépôt légal : mai 2004 — D.2004/0089/96 — ISBN 2-8001-3409-7 — ISSN 0774-5702
© Dupuis, 2004.
Tous droits réservés. Imprimé en Belgique par Proost/Fleurus.

NICARAGUA, NOVEMBRE 1976.

NI ARMES, NI TRACTS.
NADA, COMANDANTE
VARGAS .

¿TIENE
FUEGO?

N... NO
FUMO
SEÑOR

¿TIENE
FUEGO?

SNIF...

¿TIENE FUEGO?

N...NO FUMO SEÑOR

SNIF

¿TIENE FUEGO?
NO FUMO
SEÑOR...
SNIF
¿TIENE FUEGO?
NO FUMO
SEÑOR
SNIF
¿TIENE FUEGO?
NO...NO FUMO
SEÑOR...
SNIF...

SNIF...

NO FUMO
SEÑOR.

¿TIENE
FUEGO?

2

4

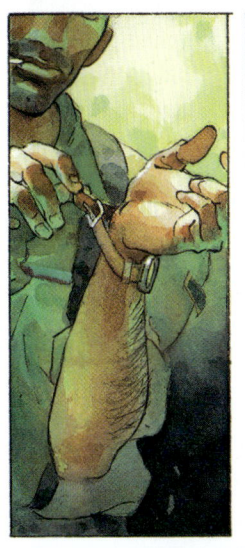

SEÑOR DE LA SERNA ...

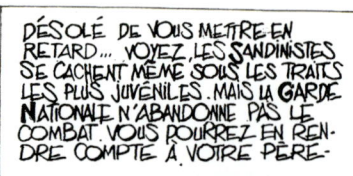

DÉSOLÉ DE VOUS METTRE EN RETARD ... VOYEZ, LES SANDINISTES SE CACHENT MÊME SOUS LES TRAITS LES PLUS JUVÉNILES. MAIS LA GARDE NATIONALE N'ABANDONNE PAS LE COMBAT. VOUS POURREZ EN RENDRE COMPTE À VOTRE PÈRE.

BONNE FIN DE VOYAGE.

UNE ROMANTIQUE ... ÉVIDEMMENT. ...

SC/UR

MÉTHODES PEU ORTHODOXES ... MAIS EFFICACES. BRAVO, VARGAS! HUM ...

¿TIENE FUEGO? HIN HIN!

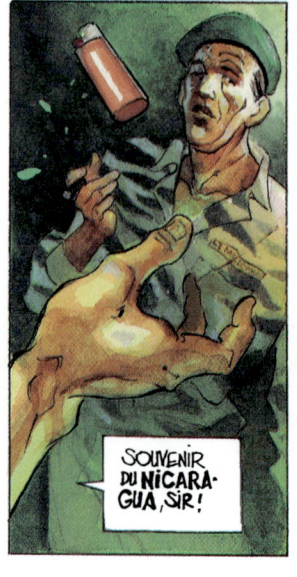

SOUVENIR DU NICARAGUA, SIR!

WELL, BABY ...

MAC DOUGL

"TU VAS ÊTRE GENTILLE ET NOUS DIRE TOUT CE QUE TU SAIS.

4

LE DERNIER BUS POUR MANAGUA REPART À SEIZE HEURES, GABRIEL !...

À CAUSE DE CE FICHU CONTRÔLE, JE NE VAIS PAS POUVOIR RESTER LONGTEMPS ICI... C'EST TROP BÊTE !

AH OUI... LA CAISSE. ON NE PEUT PAS LA LAISSER LÀ... ...BUENO...

QUELQU'UN PEUT-IL NOUS AIDER À PORTER NOTRE MATÉRIEL ?

8

NOUS EN RESTERONS LÀ POUR AUJOURD'HUI... N'OUBLIEZ PAS, CHACUN UN POÈME POUR LUNDI. VOUS AVEZ TOUT LE DIMANCHE POUR Y PENSER.

MAIS ÇA NE VOUS DISPENSE PAS D'ASSISTER À LA MESSE!...

¿ PADRE?

TCHÉ... LA SEMAINE PROCHAINE, JE DOIS AIDER MA MÈRE AU CHAMP... J'POURRAI PAS VENIR À LA CLASSE...

ENCORE? ELLE NE PEUT PAS SE FAIRE AIDER PAR UN VOISIN, NON ?

BON... TU PASSERAS ME VOIR APRÈS DÎNER. J'ESSAYERAI DE TE CONSACRER UN PEU DE TEMPS.

TCHÉ... C'EST QUE... LE SOIR...

DIEGO! TU ES INCORRIGIBLE !

ALLEZ! VA, VA !

J'EN DIRAI DEUX MOTS À CONCEPCIÓN, MOI!...

VOUS DEVEZ ÊTRE AFFAMÉS... UN GALLO PINTO C'EST D'ACCORD ?

ALORS, JOAQUÍN, ET CE VOYAGE?...

...SORTIR DU SÉMINAIRE MÊME POUR QUELQUES HEURES, C'EST LA GRANDE AVENTURE POUR TOI! HA! HA !

LA GUARDIA A ARRÊTÉ UNE JEUNE FILLE, RUBEN...

PIRE... UN BRIQUET...

AH?... ELLE TRANSPORTAIT DES ARMES ?

9

HOOO! JO-A-QUÍN! TU Y AS PENSÉ!

CONCHI! REMETS-NOUS DEUX VICTORIAS!

HEU... EST-CE BIEN RAI-SONNABLE?...

DES CUBAINS! COMMENT AS-TU FAIT? TOUS TES APPOINTEMENTS D'ENSEI-GNANT ONT DÛ Y PASSER!

CONCEPCIÓN, ¿TIENE FUEGO?

ALLUMETTES MOMOTOMBO?...

...OU...

ALLUMETTES MOMOTOMBO?...

VA POUR LES PRODUCTIONS PRÉSIDENTIELLES!

EN IMPOSANT L'USAGE EXCLUSIF DES ALLUMETTES SORTIES DE SES USINES, TACHITO A DONNÉ À SES OPPOSANTS UN BIEN CURIEUX SYMBOLE...

LE BRIQUET! GROTESQUE!

TACHITO, GLP... JE VEUX DIRE LE PRÉSIDENT SOMOZA SERAIT BIEN AVISÉ D'ACCEPTER UN PEU D'OUVERTURE OU NOUS ALLONS DROIT À LA CATASTROPHE...

TOUT LUI APPARTIENT. LA GARDE NATIONALE. LES TERRES, LE PEU D'INDUSTRIE... LE NICARAGUA C'EST SA FERME...ET CELLE DE SES AMIS...

HEU... JE-JE NE DIS PAS ÇA POUR VOTRE PÈRE, GABRIEL...

10

UNE... UNE AUTRE BIÈRE, S'IL VOUS PLAÎT...

TOUJOURS RIEN POUR LE PETIT...

NON MERCI, SEÑORA...

SEÑORA?

SEÑORA? TU ES LE PREMIER À M'APPELER SEÑORA, CHICO ! C'EST QU'IL EST BIEN ÉDUQUÉ, LUI ! "SEÑORA CONCEPCIÓN"? HA! HA!

TU SAIS, À MANAGUA, LA COLÈRE GAGNE MAINTENANT MÊME LA BOURGEOISIE.

JOAQUÍN, TU ME SURPRENDS. DEPUIS QUAND LE TRÈS CONSERVATEUR SÉMINAIRE DE MANAGUA SE PRÉOCCUPE-T-IL DE POLITIQUE? LA SITUATION EST GRAVE EN EFFET !

RUBÉN, JE T'EN PRIE, C'EST SURTOUT LES MÉTHODES DE LA GUARDIA... JE L'AI VUE AGIR AU RETÉN LÀ-HAUT... CETTE JEUNE FILLE N'AVAIT PAS QUINZE ANS.

NOTRE PETIT PAYS ME SEMBLE ABANDONNÉ DE DIEU.

DIEU ATTEND PEUT-ÊTRE QUE NOUS L'AIDIONS.

QUE VEUX-TU DIRE, RUBÉN?

QUE LES RÉVOLUTIONNAIRES ET LES CHRÉTIENS ONT LE MÊME BUT: LE BONHEUR DE L'HOMME SUR TERRE...

RUBÉN, TU...

ALLEZ, JOAQUÍN, IL EST TEMPS D'Y ALLER... OU JE TE GARDE POUR LA NUIT.

11

HOO... MA TÊTE!... ET JE DOIS ASSURER LA PREMIÈRE MESSE DEMAIN...

CETTE FOIS, SANS VOUS GABRIEL, JE CRAINS DE NE PAS ÉCHAPPER À UNE FOUILLE HUMILIANTE! ILS NE RESPECTENT MÊME PLUS LA SOUTANE...

ENCORE UN PEU DE TEMPS, JOAQUÍN ET TU GAGNERAS LA MONTAGNE POUR REJOINDRE LA GUÉRILLA!

RUBÉN, TU PROFITES DE MA... FATIGUE...

À DANS DEUX MOIS, GABRIEL, JE REVIENDRAI VOUS CHERCHER ET ADMIRER VOTRE OEUVRE.

VOUS DONNEREZ LE MEILLEUR DE VOUS-MÊME POUR LA GLOIRE DE DIEU. JE LE SAIS.

ADIÓS, PADRE ... DIEU VOUS GARDE.

J'ESPÈRE SURTOUT QUE DANS SON INFINIE BONTÉ, IL M'A GARDÉ UNE PLACE... BURP... PRÈS DE LA FENÊTRE.

À BIENTÔT, RUBÉN...

BON VOYAGE, JOAQUÍN...

JE... N'OUBLIE PAS... NOUS SOMMES DES HOMMES DE DIEU... PAS DES HOMMES PARMI LES HOMMES!

MAIS DIEU N'EST PAS QUE CHARITÉ, JOAQUÍN, IL EST AUSSI JUSTICE.

TU ME FAIS PEUR, RUBÉN.

BUENO, MON GARÇON, ALLONS RÉCUPÉRER VOS AFFAIRES.

C'EST TRISTE, UNE ÉGLISE VIDE, NON?

RIEN POUR ÉLEVER L'ÂME.

RIEN POUR ÉVEILLER LES SENS.

J'AI ÉTÉ TENTÉ DE PEINDRE MOI-MÊME CES MURS. J'AVAIS COMMENCÉ IL Y A QUELQUES ANNÉES À REPRÉSENTER LE CHEMIN DE CROIX, RIEN QUE ÇA!

VOILÀ ...C'EST CE MUR ...BEL EMPLACEMENT POUR UNE PASSION, NON?

MAIS VINGT ANS SANS TENIR UN PINCEAU, JE NE VOULAIS PAS INFLIGER ÇA À MES FIDÈLES. J'AI TOUT EFFACÉ À LA CHAUX.

AUSSI, QUAND JOAQUIN M'A PARLÉ DE VOUS, JE N'AI PAS HÉSITÉ ...

TCHOC

L'ENDUIT CONVIENDRA, JE PENSE ...JE N'AI PAS TOUT OUBLIÉ DE MON "AUTRE VIE" ...

¡MADRE DE DIOS! ¿¡CHICOS!?

¡SANTA SANGRE! CES GAMINS CONFONDENT L'ÉGLISE ET UN TERRAIN DE BASE-BALL!...

ÇA VA CHAUFFER! NOM DE NOM!

DIEGO! ÉVIDEMMENT! JAMAIS FICHU DE TIRER CONVENABLEMENT! DONNE-MOI CETTE BATTE!

LA BATTE, DIEGO!

MAIS PADRE....

TCHOC!

PAF!

VOILÀ! C'EST POURTANT PAS COMPLIQUÉ!

OUI, PADRE.

TCHÉ! PADRE, C'EST VRAI CE QU'ON DIT, LE CORBEAU, LÀ, C'EST LE FILS DE...?

IL S'APPELLE GABRIEL ET C'EST UN ENFANT DE DIEU ...COMME TOI, DIEGO NADA MÁS!

VENEZ, VENEZ, GABRIEL ...ILS SONT UN PEU BOUILLANTS, MAIS PAS MÉCHANTS.

HAA! GABRIEL! J'AI HÂTE DE VOUS VOIR À L'ŒUVRE!

DANS SES LETTRES, JOAQUIN NE TARISSAIT PAS D'ÉLOGES SUR VOS FRESQUES AU SÉMINAIRE DE MANAGUA...

CHTAC!

OUTCH!

12

15

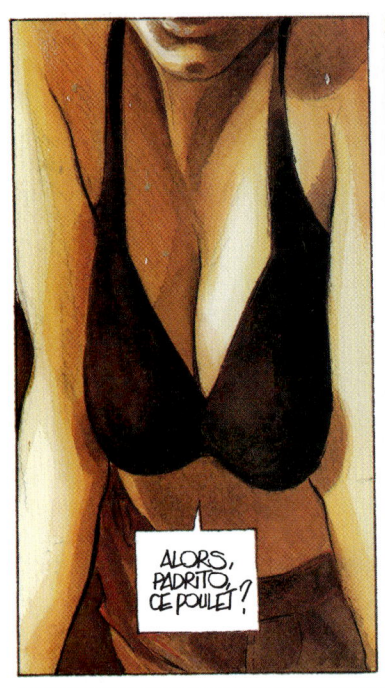

ALORS, PADRITO, CE POULET ?

DÉLICIEUX, SEÑORA.

MMMH ! SEÑORA...

CONCHI ! C'EST UN HOMME DE DIEU ...LAISSE-LE..., NOUS AVONS À DISCUTER.

UN HOMME DE DIEU, UN HOMME DE DIEU ...

DIEU, IL NE SÉRAIT PAS JALOUX, LUI AUSSI ?

VOUS AVEZ DÉJÀ UNE IDÉE DE LA FAÇON DONT VOUS ALLEZ REPRÉSENTER CETTE PASSION ?

JE...J'AI AMENÉ QUELQUES DESSINS ...

HAAA ! VOYONS ÇA !

TOC TOC

HA...

...UN MOMENTO

GABRIEL, VOUS DEVEZ ÊTRE FATIGUÉ ...NOUS VERRONS TOUT ÇA DEMAIN ...

...BUENA NOCHE.

16

CLAC

PLANG

20

TOC
TOC

BLAM

19

♫ ..."Y ASÍ PASAN LOS DÍAS, Y YO DESESPERADO" ♪

..."Y TÚ CONTES-TANDO QUIZÁS"... ♪

SNIF

HUM...

..."QUIZÁS QUIZÁS"...

♫ ..."CÓMO Y DÓNDE TÚ SIEMPRE ME RESPONDES QUIZÁS"... ♫

♫ SIEMPRE QUE TE PREGUNTO QUE CUÁNDO ... ♫

¿?

...SEÑOR
LA SERNA?
E ...QUE
FAITES...?

HEU... BELLE
NUIT, N'EST-
CE PAS?...

...E... JE SUIS...
BLOQUÉ ICI...
IL Y A UN ÉCHAFAU-
DAGE DANS L'ÉGLISE
SI VOUS POUVEZ
ENTRER ET...

SAUF VOT' RESPECT, SEÑOR,
PAS QUESTION POUR MOI
DE METTRE LES PIEDS
DANS CE REPAIRE DE
ROUGES!

MAIS... JE NE VAIS PAS
PASSER LA NUIT ICI!...
ET SI JE SAUTE, JE ME
CASSE LA JAMBE! ET...

ATTENDEZ! VOUS
INQUIÉTEZ PAS,
BUENAVENTURA VA VOUS
TIRER D'AFFAIRE!

...VOILÀ,
REGARDEZ!

ALLEZ-Y,
JE TIENS
L'ÉCHELLE!

BUENO!
VOUS Y
ÊTES
PRESQUE.

23

CRAACH

¿QUÉ PASA?

CHUT.

...HEU... MERCI...

DE NADA, SEÑOR'

AH, SEÑOR DE LA SERNA, COMME JE SUIS HEUREUX DE VOUS SAVOIR À SAN JUAN...

À VOUS, JE PEUX LE DIRE...

LE PADRE LÀ, IL MET DES IDÉES DANS LA TÊTE DES GENS.

VOUS SAVEZ, CE SONT DES PAYSANS...IL FAIT DIRE DES CHOSES À DIEU...

DES CHOSES?

DES CHOSES QU'ON NE DOIT PAS DIRE. C'EST DANGEREUX POUR EUX...

IL NE LES VOIT PAS COMME ILS SONT...

LÀ-HAUT, ON S'RA TOUS ÉGAUX, MAIS ICI C'EST PAS LA PEINE DE LES FAIRE RÊVER... C'EST PAS CHRÉTIEN...

BUENO... JE VOUS LAISSE... MON AMOUREUSE M'ATTEND...

SEÑOR DE LA SERNA ?...

C'EST DIEU QUI VOUS ENVOIE...

¿QUÉ TAL, BUENAVENTURA? HUM... LES BELLES FLEURS...

C'ÉTAIT TOI CE BRUIT?

QUEL BRUIT?

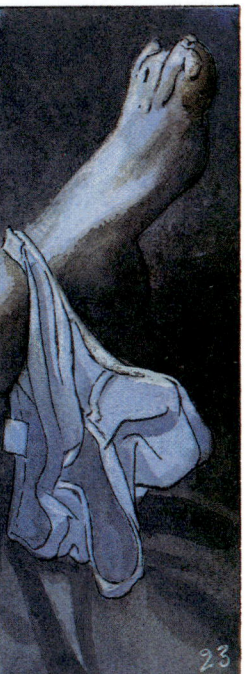

PADRE NUESTRO QUE ESTÁS EN LOS CIELOS, SANTIFICADO SEA TU NOMBRE

Y NO NOS DEJES CAER EN LA TENTACIÓN. MAS LÍBRANOS DEL MAL. AMÉN.

AMÉN.

C'EST BON, DIEGO. TU ES LIBRE. JE RANGERAI TOUT ÇA, GRACIAS.

MAMAN, CHIQUITITA ON Y VA...

SNIF?

HUM, DIEGO...MAIS QUELLE EST DONC CETTE ODEUR INCONNUE...?

DU SAVON PEUT-ÊTRE?

ZE...

CHICOS, À PROPOS...

NOËL APPROCHE, QUE DIRIEZ-VOUS D'INTERPRÉTER CETTE ANNÉE LA CRÈCHE VIVANTE?VOUS Y SERIEZ PAR-FAITS!

BUENO, GABRIEL. ET SI NOUS REGARDIONS VOS DESSINS?

...OUI, PADRE.

MOI,ZE TE TROUVE TRÈS BEAU COMME ÇA...

24

26

C'EST GRACE AUX LIVRES QUE MON PÈRE M'A RAMENÉS DES ÉTATS-UNIS QUE J'AI PU APPRENDRE LES LEÇONS DES GRANDS PEINTRES RELIGIEUX.

APPRIS LA LEÇON, SANS DOUTE... ? MAIS L'AVEZ-VOUS COMPRISE ? JE RECONNAIS DES INFLUENCES PRESTIGIEUSES, MAIS CE N'EST PAS CE QUE J'ATTENDS DE VOUS.

...OÙ ÊTES-VOUS LÀ-DEDANS ?

JE... JE SUIS AU SERVICE DE DIEU...

ALLONS, MON GARÇON ! AVEC DE TELLES REPRÉSENTATIONS, VOUS FAITES TOUT AU PLUS PLAISIR À QUELQUES SÉMINARISTES ASSOUPIS ET À QUELQUES NOTABLES QUI SE PIQUENT D'ART EN ROTANT LEUR RHUM-COCA !...

JE COMPRENDS MIEUX MAINTENANT L'ENTHOU-SIASME DE JOAQUÍN.

QUI ÊTES-VOUS POUR ME DIRE ÇA ?!

OOgoH GABRIEL, NE VOUS MÉPRENEZ PAS, JE NE DOUTE PAS DE VOTRE TALENT, MAIS QUI CROYEZ-VOUS TOUCHER ICI ?...

VOUS AVEZ APPRIS BEAUCOUP DE CHOSES SUR L'ART RELIGIEUX, SES SYMBOLES, SES FORMES, MAIS QUE VOULEZ-VOUS QUE TOUT CELA ÉVOQUE À DES PAYSANS QUI SAVENT À PEINE ÉCRIRE LEUR NOM ?

JE VAIS PRÉPARER MON SAC.

GABRIEL !...

FICHEZ-MOI LA PAIX !

GABRIEL! GABRIEL, VOUS ALLEZ PEINDRE LA PASSION!

IMAGINEZ CET HOMME JÉSUS QUI S'EST LEVÉ CONTRE L'ENVAHISSEUR ET SES ZÉLATEURS...

QUI, AVEC DES MOTS D'AMOUR ET DE FRATERNITÉ A DÉSTABILISÉ L'EMPIRE ET L'OLIGARCHIE RELIGIEUSE.

ET QUI, TRAHI PAR CELUI QU'IL AIMAIT LE PLUS, MARCHE, ÉPUISÉ, VERS LA MORT, PORTANT LA CROIX QUI SCELLERA SON DESTIN!

IMAGINEZ LA CHALEUR! IMAGINEZ LE SANG ET LA SUEUR QUI LUI COULENT DANS LES YEUX...

LE POIDS SUR SON ÉPAULE...

IL MARCHE, MAIS UNE LUMIÈRE L'HABITE GRÂCE A ELLE, IL RESTE DEBOUT MALGRÉ L'HUMILIATION!

CROYEZ-VOUS QUE CELA NE PARLE PAS DAVANTAGE À CES PAYSANS QUE DES COMPOSITIONS ÉCULÉES, DES MOUVEMENTS MANIÉRÉS À FORCE D'ÊTRE RÉPÉTÉS, QUE CES MOMIES EXTATIQUES QUI ENCOMBRENT LES ÉGLISES?

LA LUMIÈRE N'EST PAS DANS LES ORS D'UNE AURÉOLE!

VENEZ! JE VOUDRAIS VOUS MONTRER QUELQUE CHOSE...

AH, LE VOILÀ!

VOUS LA RECONNAISSEZ?

"C'EST LA SEÑORA...

"CONCEPCIÓN, IL Y A VINGT-CINQ ANS, C'ÉTAIT LA PLUS BELLE FILLE DE JINOTEGA. TOUT LE MONDE ÉTAIT AMOUREUX D'ELLE LÀ-BAS...

C'ÉTAIT MON UNIQUE MODÈLE.

POUR MOI, LA DESSINER, C'ÉTAIT SOUSTRAIRE SA BEAUTÉ À LA ROUE DU TEMPS...

"ET SURTOUT RÉVÉLER L'AMOUR INOUÏ QU'ELLE SAVAIT DONNER AUX AUTRES...DÉJÀ.

LES PEINTRES QUE VOUS ADMIREZ TANT CEUX QUI ONT INCARNÉ NOTRE-SEIGNEUR ET SES SAINTS, ALLAIENT CHERCHER LEURS MODÈLES DANS LES BOUGES, CHEZ LES PUTAINS QU'ILS FRÉQUENTAIENT, CHEZ LES PAYSANS DÉRACINÉS, CHEZ LES VOYOUS.

IL FAUT SOULEVER LA PEAU DES CHOSES, "VOUS COMPRENEZ?

ICI, LES PAYSANS VOUS FUIENT, VOUS MÉPRISENT PARCE QUE VOUS ÊTES LE FILS DE VOTRE PÈRE...

MAIS VOUS N'ÊTES PAS QUE ÇA, N'EST-CE PAS?

J'AIMERAIS QUE VOUS ALLIEZ FAIRE QUEL-QUES CROQUIS AU VILLAGE...

TENEZ.

MAIS, MON PÈRE, LA FRESQUE...?

ELLE PEUT ATTENDRE.

JE N'AI JAMAIS FAIT ÇA...

C'EST POUR ÇA QUE JE VOUS LE DEMANDE...

ALLEZ!

30

AH, GABRIEL ! JE VOUS CHERCHAIS.

VOUS VOUS CACHIEZ MA PAROLE !

ALLEZ, MONTREZ-MOI !

HUM...

VENEZ...

JE TE PRENDS CETTE CAISSE, HERMANO...

INSTALLEZ-VOUS...

ET MAINTENANT...

DESSINEZ-MOI...

LA PETITE, LÀ...

OUI, CHIQUITITA AVEC SON PETIT CHIEN...

32

SOUFFLEZ, GABRIEL. CONCENTREZ-VOUS SUR VOTRE DESSIN. LAISSEZ LE MONDE VOUS TRAVERSER.

LES MASSES, OUI. RAPIDEMENT.

NOTEZ L'INCLINAISON DE LA TÊTE, VOILÀ.

...L'OURLET DE LA LÈVRE À PEINE ENTROUVERTE...

...SAISISSEZ LA MAIN QUI CARESSE LA TÊTE, L'ARTICULATION DU POIGNET...

N'OUBLIEZ PAS LA PETITE FOSSETTE QUAND ELLE CHUCHOTE À L'OREILLE DE SON CHIOT.

...L'AMOUR, GABRIEL.

VOUS POURRIEZ DESSINER MON FILS?

ET LUI?

ET MOI?

ET MOI?
MOI!
ET MOI?
MOI!
ET MOI!
MOI!
MOI!
ET MOI!

ZE PEUX VOIR?

33

CONNAIS-TU, GABRIEL, L'HISTOIRE DE CET HOMME PIEUX QUI, VOULANT TAQUINER UN ENFANT, LUI DIT : "JE TE DONNE UN PESO SI TU ME DIS OÙ EST DIEU ?"...

"ET L'ENFANT RÉPONDIT ALORS "JE T'EN DONNE DIX POUR ME DIRE OÙ IL N'EST PAS !"...

APPRENDS À LES REGARDER, GABRIEL, OBSERVE LEURS GESTES COMME CES PETITES ATTENTIONS D'UNE MÈRE POUR SA FILLE, QUI LUI PEIGNE LES CHEVEUX AVEC SES DOIGTS ET CONCLUT PAR UN BAISER SUR SES LÈVRES.

"...CE BÉBÉ QUI TEND SES DOIGTS POUR SAISIR CEUX DE SON PÈRE.

APPRENDS-LEUR CE QU'ILS SONT.

TU ES UN PASSEUR, GABRIEL ...

"...TU PEUX EXPRIMER L'IRREMPLAÇABLE DE LEUR VIE ...

34

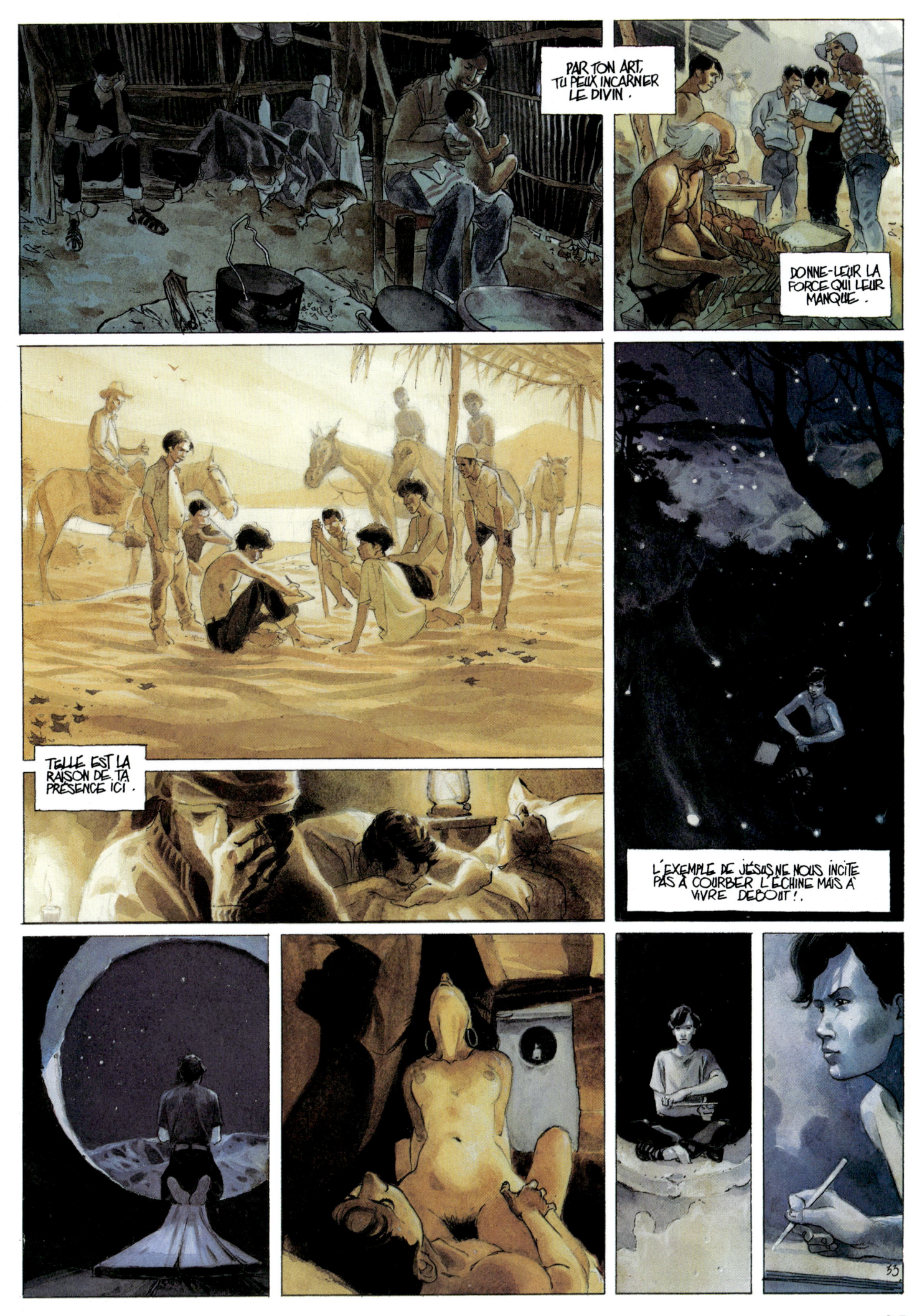

TCHÉ! TOI TU ES PIRE QUE LES AUTRES!

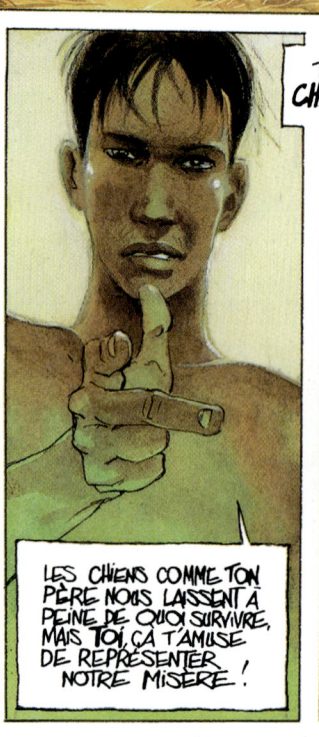

TU ES UN CHAROGNARD!

ÉCOUTE, DIEGO, C'EST MA FAÇON À MOI D'ÊTRE PROCHE DE CE QUE VOUS VIVEZ...

LES CHIENS COMME TON PÈRE NOUS LAISSENT À PEINE DE QUOI SURVIVRE, MAIS TOI, ÇA T'AMUSE DE REPRÉSENTER NOTRE MISÈRE!

¡COJONES! QU'EST-CE QUE TU PIGES À CE QU'ON VIT?

PAF!

TCHÉ! REGARDE! ÇA, C'EST DES MAINS DE TRAVAILLEUR!

L'ART EST AUSSI UN TRAVAIL!

DÉGAGE DIEGO

ON S'EN FOUT DE L'ART QUAND ON A LE VENTRE VIDE!

NE FAITES PAS ATTENTION À LUI, PADRE!

ALLEZ! ET N'T'AVISE PAS D'ENNUYER ENCORE LE SEÑOR DE LA SERNA!

C'EST UNE GRAINE DE ROUGE! UN COMMUNISTE COMME SON PÈRE!

MAIS LUI AU MOINS IL NE PEUT PLUS FAIRE GRAND-CHOSE LÀ OÙ IL EST!...

HUM...

ÇA FAIT QUELQUES JOURS QUE JE VOUS VOIS DESSINER LES GENS...ET JE ME SUIS DIT...

...VOILÀ...

C'EST MOI QUI L'AI FAIT. C'EST LE CADEAU DE NOËL POUR CONCEPCIÓN.

JE...J'AIMERAIS Y METTRE...

ENFIN, SI VOUS... SI VOUS POUVIEZ ME DESSINER...,

J'AI AMENÉ UNE FEUILLE.

AVEC PLAISIR, BUENAVENTURA!

MAIS...

HUM HUM...

...MAIS, C'EST UN PEU SPÉCIAL...

...JE VOUDRAIS QUE VOUS ME DESSINIEZ EN UNIFORME DE COMANDANTE...

DE LA GUARDIA?

VOUS SAVEZ POUR LES CAMPESINOS COMME NOUS, LA GUARDIA EST LE SEUL MOYEN DE GAGNER UN PEU D'ARGENT ET DE SORTIR DE CE TROU.

DE L'ARGENT, C'EST CE QU'IL ME FAUT POUR CONVAINCRE CONCEPCIÓN DE NE PLUS...TRAVAILLER...

...ET POUR QUE L'ON PUISSE FONDER UN FOYER, RIEN QU'ELLE ET MOI...,

SI JE LUI DONNE UN DESSIN DE MOI EN UNIFORME, C'EST COMME LUI PROMETTRE UN AVENIR MEILLEUR.

JE VOUDRAIS LUI APPORTER UN PEU DE RÊVE.

HEUUU... ...EH BIEN...METTEZ-VOUS LÀ...ET NE BOUGEZ PLUS.

VOUS ME RENTREZ UN PEU LE VENTRE LÀ, HEIN?

35

LES PAYSANS N'AIMENT PAS LA GUARDIA, MAIS SANS ELLE, SANS LES YANKIS, NOTRE PETIT PAYS TOMBERAIT AUX MAINS DES CUBAINS...

VOILÀ...

TOUT Y EST.

VOUS N'AVEZ PAS OUBLIÉ L'INSIGNE DE L'INFANTERIE, HEIN?

C'EST TOUT À FAIT ÇA!

AH! MUCHAS GRACIAS SEÑOR.

PLIC!

HOLÀ! FAUT S'METTRE À L'ABRI...

MOI AUSSI, ZE VOUDRAIS MON DESSIN QUE TU AS FAIT.

ALLEZ, GABRIEL, TU ME LE DONNES...

ALLEEEZ...

CHIQUITITA, JE NE PEUX TE LE DONNER. IL EST DANS MON CARNET, LUI!

ALORS, TU ME DONNES TON CARNET!

ENFIN, CHIQUITITA, C'EST PAS POSSIBLE.

T'ES PAS ZENTIL!

BON! ÇA IRA COMME ÇA!

J'ESPÈRE QUE LES ACTEURS SERONT CONVAINCANTS!

ALORS, GABRIEL? ÇA COMMENCE À VENIR?

AAAH, GABRIEL! VOILÀ! VOILÀ QUELQUE CHOSE D'ÉMOUVANT!

MON DIEU!

MAIS... NE SERAIT-CE PAS CHIQUITITA, LA?

ET LA... LE VIEUX GENARIO?

ET LA... LES SOLDATS! HOHO! JE NE SAIS PAS SI CE SERAIT DU GOÛT DE NOTRE PRÉSIDENT!

GABRIEL!... GABRIEL, C'EST MERVEILLEUX COMME CETTE FOULE EST INCARNÉE!

PLUS ENCORE: ELLE EST UNIVERSELLE!

ET CETTE COMPOSITION! CE CHRIST QUI VIENT VERS NOUS...

J'AIMERAIS QU'IL NOUS REGARDE MAIS JE N'ARRIVE PAS À TROUVER SON REGARD.

JE VOUDRAIS QU'IL... QU'IL NOUS TOUCHE...

...QU'IL NOUS TRANSPERCE.

JE NE TROUVE RIEN DE CONVAINCANT.

ALLONS, LA NUIT PORTE CONSEIL. RENTRONS.

JE VAIS TRAVAILLER ENCORE UN PEU...

TUTUTUT! IL EST TARD. IL EST TEMPS DE TE REPOSER.

¡BUENA NOCHE, ... GABI!

CLÀC

37

39

BLAM!

MONTRE !

S...SEÑORA, JE...

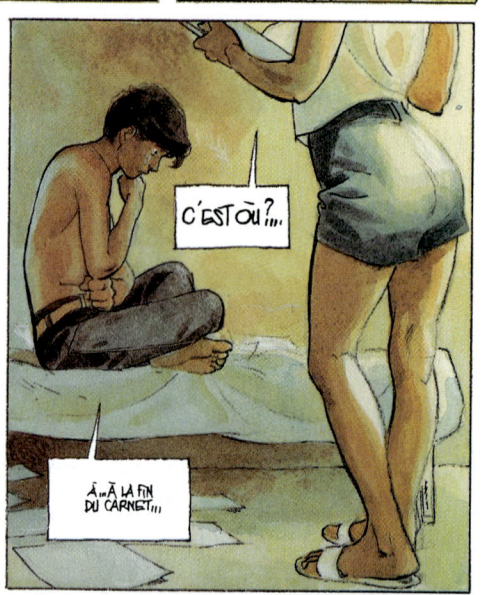

C'EST OÙ ?...

À...À LA FIN DU CARNET...

AH...

MAIS...

HA! HA! HA! HA!

JE VOIS QUE NOUS AIMONS LES MÊMES CHOSES, PADRITO !

À CE SOIR...

¡¡PADRE!!

!?

!?

FOUILLEZ PARTOUT!

TROUVEZ-MOI CES ARMES!

COMANDANTE! QU'Y A-T-IL?!

IL Y A, "PADRE", QUE VOS AMIS ONT ATTAQUÉ LE RETEN CETTE NUIT...ET M'ONT BLESSÉ TROIS HOMMES!

ILS ONT SURTOUT ENLEVÉ MAC DOUGLAS!

LE YANKI?

VOUS SAVEZ CE QUE ÇA VEUT DIRE?

44

N'OUBLIEZ **PAS** L'ÉGLISE!

ENFIN, COMANDANTE, C'EST LA MAISON DE **DIEU!**...

"LA MAISON DE DIEU?" J'AI POURTANT CRU COMPRENDRE QUE VOUS Y FAISIEZ PLUS DE DISCOURS QUE DE SERMONS, PADRE!

ALLEZ!

BUENOS DÍAS, COMANDANTE.

¿QUÉ TAL SEÑOR DE LA SERNA?

ALORS CETTE FRESQUE... AVANCE-T-ELLE?

DOUCEMENT... J'EN SUIS SEULEMENT AUX GRANDES LIGNES DE LA COMPOSITION.

ON M'A DIT LE PLUS GRAND BIEN DE VOS PEINTURES AU SÉMINAIRE...

45

LE PRÉSIDENT
LUI-MÊME
PARAÎT-IL...

ALORS?...

NADA...

AAH, SEÑOR...
C'EST AGRÉABLE
DE VOIR DES
GENS COMME
VOUS PAR ICI...

LA ZONE EST INFESTÉE
DE COMMUNISTES ET...

HEY... COMANDANTE,
C'EST MA CAISSE
DE PEINTURE, LÀ...

BIEN SÛR!

LAISSE ÇA,
TOI!

JE SUIS IMPATIENT
DE DÉCOUVRIR
VOTRE TRAVAIL...

J'ESPÈRE AUSSI QUE
NOUS SERONS AMENÉS
À NOUS CONNAÎTRE MIEUX.

OH!
OH! OH!
HA! HA!
NA! HA! HA!

QUE SE
PASSE-T-IL,
SOLDATS?

HA! HA! HA!

46

HA!HA!HA!

OÙ EST-IL, CE "COMANDANTE BUENAVENTURA"?

AAAII...

ALORS "COMANDANTE", TU TE VOIS ENTRER DANS LA GUARDIA NACIONAL?

TU RÊVES, INDIO. JE NE TE VOUDRAIS MÊME PAS POUR NETTOYER MES CHIOTTES!

TOUPI! TOUPI! ICI!...

!?

SALETÉ!

45

TOUPiii...

HIJO DE...

...¿PUTA?

AAAH!!

AH, CONCEPCION... LE SANG CHAUD... COMME TES CUISSES, DIT-ON...

JE NE FAIS PAS DANS LE KAKI!

FFT!

CONCHI!

OUCH!

RUBEN!

SEROCH!!

PERSONNE NE BOUGE!

QUANT Ã TOI...

SOLDATS! ELLE EST À VOUS!

TU VAS COMPRENDRE COMBIEN C'EST DUR POUR UN JEUNE SOLDAT DE VIVRE SEUL DANS LA FORÊT... ...SANS FEMME.

¡CONCEPCIÓN!

SERVEZ-VOUS...

47

AÏE!

NE BOUGE PAS : J'AI PRESQUE FINI.

CONCHI... C'EST. MOI QUI DEVRAIS TE SOIGNER... REGARDE-TOI...

TU N'Y PEUX RIEN, RUBEN.

L'AMOUR SE DONNE... IL NE SE PREND PAS...

ALLEZ, DORS... ÇA IRA MIEUX DEMAIN.

50

TOC
TOC

TOC
TOC

49

51

GRACIAS, MUCHACHO...

C'EST UN EXTRAORDINAIRE MOYEN DE PRESSION.

RAPPELLE-TOI CETTE PRISE D'OTAGES IL Y A TOUT JUSTE DEUX ANS LORS D'UN COCKTAIL OFFERT PAR UN NOTABLE, IL S'AGISSAIT LÀ, C'EST VRAI, DE DIPLOMATES ET DE DIGNITAIRES.

POURQUOI ENLEVER UN YANKI ?

CE SERA UN BIEN TRISTE NOËL...

EN ÉCHANGE DE LEUR LIBÉRATION, SOMOZA A DÛ RELÂCHER TOUS LES PRISONNIERS POLITIQUES.

L'ENLÈVEMENT D'UN "CONSEILLER" NORD-AMÉRICAIN ENNUIE TRÈS CERTAINEMENT TACHITO ET...

?!

GABRIEL!

GABRIEL, MON PETIT, IL FAUT TE REPOSER. TU NE DORS PLUS...

JE VEUX FINIR LA FRESQUE POUR NOËL, MON PÈRE...

C'EST MON RÔLE, VOUS L'AVEZ DIT...

TU AS DÉJÀ FAIT BEAUCOUP.

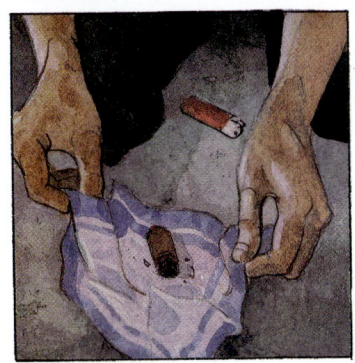

56

55

57

C'EST ÇA QUE TU CHERCHES ?

DIEGO, LAISSE-MOI T'EXPLIQUER.

TIENS! TIENS! TIENS!

TOUT VA BIEN, SEÑOR ?

?

ON LES EMMÈNE AU POSTE.

ALLONS, SEÑOR DE LA SERNA, NE FAITES PAS CETTE TÊTE.

RIEN N'EST INTERDIT AUX GENS COMME VOUS...

ALLEZ... RENTREZ VOUS COUCHER ET DORMEZ EN PAIX.

UN SOLDAT VA VOUS RAMENER AU VILLAGE.

ET DIEGO?

LUI, IL VA PASSER LA NUIT ICI... ET PLUS... CERTAINEMENT.

REGARDEZ CE QUE NOUS AVONS TROUVÉ LÀ OÙ VOUS VOUS ÊTES BATTUS.

MAIS?! CE N'EST PAS À MOI!

¡CÁLLATE!

ARRÊTEZ!

COMANDANTE, CE BRIQUET EST À MOI...

JE... C'EST MON PÈRE QUI ME L'A DONNÉ...

VRAI-MENT?

GABRIEL...

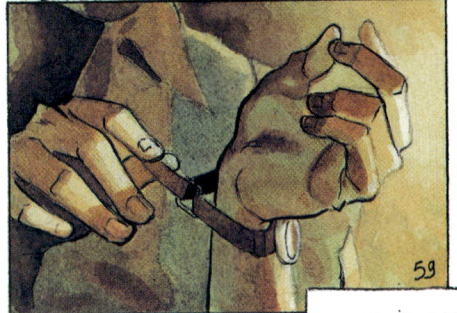

JE CROIS QUE NOUS DEVRIONS PARLER UN PEU.

"COMANDANTE BUENAVENTURA ! C'EST LE PÈRE NOËL !

PADRE ,,, JE ,,, VEUILLEZ ME SUIVRE ,,,

VOUS ÊTES EN ÉTAT ,,, D'ARRESTATION.

C ,,, CONCEPCIÓN ?! MAIS QUE FAIS - TU ?

61

CLIC

EXCELLENCE, MADAME DE LA SERNA, PADRE...

ENTREZ, IL VOUS ATTEND.

GABRIEL!

MON DIEU...

ALLONS, MARTA, LE COMANDANTE N'A FAIT QUE SON DEVOIR.

BIEN SÛR, TOUT CELA RESTE ENTRE NOUS, COMANDANTE

AU FAIT, GABRIEL...

MERCI DE M'AVOIR FAIT PARTAGER VOTRE... TRAVAIL.

65

RUBÉN, MON DIEU QU'AS-TU FAIT?

PADRE, ON VOUS ATTEND...

ALLEZ TOI VA REJOIN-DRE TES AMIS...

D'AILLEURS, LES VOILÀ...

DIEGO!

68

JE SAURAI ME MONTRER GÉNÉREUX, COMANDANTE.

JUAN!

JUAN, TOUT VA S'ARRANGER ...CE N'EST RIEN...

OUI, EXCELLENCE. GABRIEL VA RETOURNER AU SÉMINAIRE ET TOUTE CETTE HISTOIRE SERA VITE OUBLIÉE...

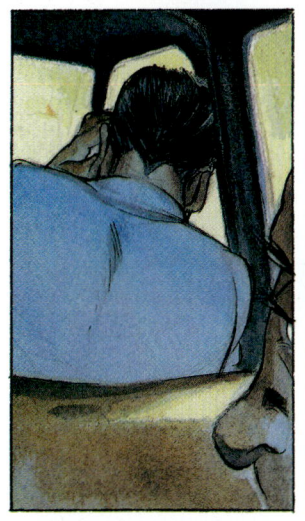

N'EST-CE PAS, MON CHÉRI...?

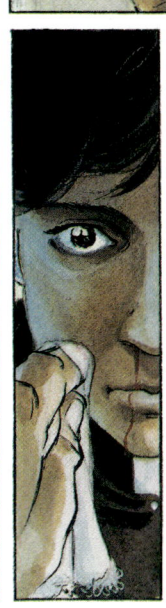

GABRIEL!

;;;;VROAM!

CONCEPCIÓN
MARTI
1933-1976

GABRIEL ?

GABRIEL ?

GABRIEL ?

MAIS... OÙ EST-IL PASSÉ ?

MON DIEU !

PARDON-NEZ-LUI !

Emmanuel Lepage 04